LE CADET DE FAMILLE,

OU

L'INTRIGUE IMPROMPTU,

COMÉDIE VAUDEVILLE,

PAR M. ÉDOUARD LEMAITRE,

REPRÉSENTÉE POUR LA PREMIÈRE FOIS, A PARIS, SUR LE THÉATRE DU GYMNASE-DRAMATIQUE,
LE 30 DÉCEMBRE 1843.

PARIS,

CHEZ **MARCHANT**, éditeur du MAGASIN THÉATRAL, boulevard Saint-Martin, 12.

1844

D'après L'INTRIGUE IMPROMPTU, de DIEULAFOY et GERSIN.

LE CADET DE FAMILLE,

OU

L'INTRIGUE IMPROMPTU,

COMÉDIE-VAUDEVILLE EN UN ACTE,

PAR M. ÉDOUARD LEMAITRE,

REPRÉSENTÉE POUR LA 1re FOIS, A PARIS, SUR LE THÉATRE DU GYMNASE-DRAMATIQUE, LE 30 DÉCEMBRE 1843.

PERSONNAGES.	ACTEURS.	PERSONNAGES.	ACTEURS.
LE GÉNÉRAL D'HERMILLY.......	M. Tisserant.	ZURICH, vieil intendant...........	M. Klein.
JULES, son neveu...............	Mlle Nathalie.	Mme BERTRAND, femme de charge.	Mme Wsannoz.
M. DORVILLE, ancien militaire et		ANDRE,) domestiques du Général.	M. Bordier.
gouverneur de Jules...........	M. Monval.	GEORGES, (	M. Alexandre.
ISAURE, sa pupille.............	Mlle Désirée.	UN NOTAIRE...............	

La scène se passe au château d'Hermilly, près de Chambéry.

Le théâtre représente un salon. Porte d'entrée, au fond; deux portes latérales. Une table et ce qu'il faut pour écrire, etc.

SCÈNE PREMIÈRE.

ZURICH, Mme BERTRAND.

ZURICH, *rangeant les papiers sur la table.* Ça ira mal, madame Bertrand, ça ira mal !

Mme BERTRAND. Pourquoi donc, monsieur Zurich ?

ZURICH. Monsieur le général d'Hermilly, notre maître, est là-dedans avec monsieur Dorville, le gouverneur de son neveu.

Mme BERTRAND. Eh bien, après ?

ZURICH. Je ne suis qu'une bête, madame Bertrand, si l'on n'y parle pas de mamselle Isaure.

Mme BERTRAND. La pupille de monsieur Dorville... que nous importe ?

ZURICH. Ah !... ça ira mal... ça ira mal...

Mme BERTRAND. Eh ! mon Dieu... à vous entendre sur le compte de monsieur d'Hermilly, lui qui, après avoir pris sa retraite, s'est retiré dans ce superbe château d'Arpenas, près de Chambéry, une véritable citadelle, pour y finir ses jours tranquillement, si son caractère vif et emporté le lui permet, on dirait qu'à son âge il a des vues sur cette jeune personne ?

ZURICH, *s'approchant d'elle.* Il a ce qu'il a, madame Bertrand, il est riche, il est garçon... (*Il lui offre du tabac.*) En usez-vous ?

Mme BERTRAND. Mais, en vérité, depuis que nous sommes ensemble dans ce château, vous n'avez jamais su vous occuper que des affections des autres.

ZURICH. Vous croyez, madame Bertrand ! (*A part.*) C'est drôle, comme elle m'a deviné... il y a vingt-deux ans que j'ai envie de dire à cette femme-là que je l'adore, et je n'ai pas encore osé ; elle a un certain...

Mme BERTRAND. Ce n'est pas, Dieu merci, que j'aie jamais désiré que l'on me fît la cour.

ZURICH. Terteifle ! vous en valez cependant bien la peine...

Mme BERTRAND. Je crois, Dieu me pardonne, que vous vous avisez de me dire des douceurs...

ZURICH, *s'éloignant.* Madame !...

Mme BERTRAND. Je ne dis pas que j'en sois fâchée.

ZURICH, *à part.* Diantre !... voici, je crois, le moment de lui toucher deux mots... (*Il s'approche d'elle.*) Il y a en effet vingt-deux ans que je pense... (*On entend sonner.*) Eh ! mon Dieu ! c'est monsieur le général qui sonne. Je vais voir ce que c'est.

Il entre dans la chambre à droite.

Mme BERTRAND. Maudite sonnette !... voilà peut-être encore pour vingt-deux ans de silence. Ah ! que ce Suisse est singulier !... ancien militaire, il ne connaît que l'obéissance passive ; il semble que, pour qu'il fût amoureux, il faudrait que son caporal le lui ordonnât, et cependant...

Air *du petit Courrier.*

La jeune fille en son printemps,
Que l'hymen trop longtemps néglige,
Est une fleur qui sur sa tige
Se dessèche au souffle des vents...
Bientôt la pauvrette succombe,
Victime d'un trop vain désir;
Il faut, hélas! que la fleur tombe
Quand on ne vient pas la cueillir.

ZURICH, *reparaissant.* Quand je vous disais, madame Bertrand, que ça irait mal...

Mme BERTRAND. Comment?

ZURICH. Monsieur le général est amoureux tout de bon. Il crie comme un diable qu'il veut épouser mademoiselle Isaure... et monsieur Dorville m'a sonné pour fermer les croisées.

Mme BERTRAND. Bon!... il est question d'un autre mariage pour mademoiselle Isaure; et son tuteur est un homme respectable, qui, après avoir été le compagnon d'armes de monsieur, forcé de quitter le service à cause de ses blessures, avait obtenu une place de répétiteur à l'Ecole militaire... c'est de là que monsieur le général l'a fait venir pour se charger de l'éducation de monsieur Jules, ce neveu qu'il aime comme un fils... Monsieur Dorville est très-considéré par notre maître, et il parviendra bien à lui faire entendre raison.

ZURICH. Naïn, naïn... la jeune personne ne pourra refuser... est-ce qu'un homme comme monsieur d'Hermilly écoute quelque chose? Habitué à commander, à vaincre avec les armées françaises, dans lesquelles il s'est illustré... quelle résistance lui opposera une pauvre enfant qui n'a pour défense qu'un vieillard qui parle latin?

Mme BERTRAND. C'est, en effet, bien peu de chose... Mais, monsieur Zurich, cela n'a peut-être pas dérangé la pensée que vous aviez tout à l'heure?

ZURICH, *à part.* Elle me remet sur la voie. (*Haut.*) C'est vrai, madame, j'allais vous dire...

On entend sonner plus fort.

Mme BERTRAND. Encore... Restez, monsieur Zurich, ne perdez pas votre pensée... je vais revenir...

ZURICH. Non, c'est moi.

Mme BERTRAND. Mais non.

SCÈNE II.

LES MÊMES, D'HERMILLY, DORVILLE.

D'HERMILLY, *entrant très-animé et brusquement.* Retirez-vous... A-t-on été à Chambéry prier mon notaire de venir?

ZURICH. Oui, monsieur. (*A part.*) Ça ira mal, ça ira mal...

Il sort avec Mme Bertrand.

D'HERMILLY. Ainsi, monsieur, vous regardez la proposition que je vous ai faite...

DORVILLE. Pardon, général... comme une folie...

D'HERMILLY. Si je veux être fou, moi!

DORVILLE. Ce n'est pas une raison pour que je le sois aussi...

D'HERMILLY. Mais savez-vous bien, homme opiniâtre, que nous allons nous brouiller pour jamais?

DORVILLE. Ce sera un malheur pour vous, général.

D'HERMILLY. Pour moi!... et comment, s'il vous plaît?

DORVILLE. Parce qu'il y a vingt-cinq ans que vous m'honorez du nom de votre ami, et que je le mérite.

D'HERMILLY. Eh! morbleu! que m'importe votre amitié si vous ne faites pas ce que je veux!

DORVILLE. Que m'importe la vôtre, général, si vous exigez de moi ce que je ne puis faire?...

D'HERMILLY. Comment! lorsque pour m'acquitter des services que vous m'aviez rendus... je trouve le moyen de faire votre fortune, d'assurer à votre jeune parente une position brillante, vous ne pouvez pas me donner sa main?

DORVILLE. Je suis le tuteur d'Isaure, que sa mère, ma cousine, m'a confiée en mourant.

D'HERMILLY. Donc, vous seul pouvez disposer... pourquoi donc refusez-vous?

DORVILLE. Général! les convenances.

D'HERMILLY. Au diable!

DORVILLE. Ce que vous devez à votre rang et à votre nom...

D'HERMILLY. De quoi vous mêlez-vous? depuis que votre pupille est venue vous rejoindre ici, je la vois chaque jour, et chaque jour je l'aime davantage... Sa bonté, sa douceur, toutes ses aimables qualités, ont fait sur moi la plus vive impression... Est-il quelqu'un au monde qui puisse m'empêcher de prodiguer à Isaure mes soins, mes biens, mes titres, toute mon existence?

DORVILLE. Ainsi, général, ce pauvre Jules, ce neveu si intéressant que je forme depuis dix ans à l'étude de vos vertus, et auquel vous vous promettez de faire un avenir si brillant... pour une vaine fantaisie de votre part, va se voir privé de toutes ses espérances.

D'HERMILLY. Qui! mon Jules!... l'héritier de mon nom, l'orgueil de ma famille! Savez-vous bien que je l'aime dix mille fois plus que vous, plus que moi, plus que votre Isaure elle-même? Est-ce que ma fortune ne peut pas suffire à tout?... Ainsi, j'espère, monsieur, qu'il n'existe plus de difficultés?...

DORVILLE. Pardon, général... il en est encore une insurmontable...

D'HERMILLY. Insurmontable ?

DORVILLE. La main de ma pupille est promise.

D'HERMILLY. Un rival !... qui est donc l'audacieux qui veut s'opposer à la meilleure action que j'aie cru faire dans ma vie ?... Corbleu ! Et me le préférer !... c'est le comble de l'ingratitude ! Voilà pourtant un homme que mes bienfaits poursuivent depuis quarante ans !... Oh ! il est temps que cela finisse !

DORVILLE, *avec dignité.* C'est fini, général.

D'HERMILLY. Eh bien, adieu !... (*Il revient.*) Mais j'épouserai Isaure !

Il sort.

SCÈNE III.

DORVILLE, ZURICH.

ZURICH, *entrant.* Quand monsieur voudra, les chevaux sont mis...

D'HERMILLY, *sortant.* Il suffit !...

ZURICH, *d'un air joyeux.* Je crois qu'on peut complimenter M. Dorville .. Il paraît qu'il est parfaitement d'accord avec M. le général...

DORVILLE. Oui, mon brave Zurich !... très-d'accord... je sors de cette maison...

ZURICH. Ah ! j'entends ! monsieur va prendre possession de cette petite terre, à quelques lieues d'ici, que M. le général lui destine depuis si longtemps, et qu'il va, sans doute, lui donner aujourd'hui... car je lui ai entendu dire que c'était pour cela qu'il faisait venir son notaire de Chambéry...

DORVILLE. Je refuse, car je quitte le général pour jamais... et tu viens fort à propos pour m'aider dans les préparatifs de mon départ...

ZURICH, *à part.* Ah ! mon Dieu !... est-ce que j'ai mal entendu ?...

SCÈNE IV.

DORVILLE, ZURICH, ISAURE.

ISAURE. Eh bien ! mon ami, êtes-vous satisfait de votre conversation avec M. d'Hermilly ?

DORVILLE. Oui, mon enfant, tout est terminé, nous allons quitter ce château...

ISAURE. Quoi ! M. le général n'approuve donc pas le mariage que l'on vous propose pour moi ?

DORVILLE. Il ne s'agit point de ton mariage avec M. Melval... mais l'honneur ne nous permet pas de rester ici une minute de plus... Zurich, tu vas entrer avec moi là-dedans pour mettre ordre à tous mes effets...

ZURICH, *avec force.* Non, monsieur !

DORVILLE. Comment ?

ZURICH. Non, monsieur.

DORVILLE. Tu me feras au moins le plaisir de me chercher dans le voisinage un logement pour ce soir ?...

ZURICH. Impossible, monsieur, je n'y entends rien...

DORVILLE, *à Isaure.* Viens, alors, mon enfant, nous nous passerons de tout le monde...

ZURICH, *le retenant.* Comment, monsieur, vous auriez le courage de nous abandonner ainsi, moi, mon maître, madame Bertrand et monsieur Jules, qui vous est si attaché ?...

DORVILLE. Je le dois.

ISAURE. Est-il possible ?...

ZURICH. Quel dommage qu'il ne soit pas ici ce bon petit monsieur Jules !... Il avait bien besoin d'aller à cette maudite course à cheval !...

On entend claquer un fouet dans la coulisse.

ZURICH. Eh mais ! qu'est-ce que j'entends ? (*Il regarde en dehors.*) Quel bonheur !... c'est lui...

SCÈNE V.

LES MÊMES, JULES.

JULES, *des couronnes de laurier à la main.* Eh ! oui, c'est moi, mon cher gouverneur, ma belle Isaure... Zurich ! tu mettras ces couronnes à l'appartement de mon oncle ; ses chevaux, que je lui ai empruntés sans lui en rien dire, m'ont valu ces lauriers ; il est juste que je lui en consacre l'hommage...

ZURICH, *attachant les couronnes.* C'est très-beau ! Je suis sûr, monsieur Jules, que Phénix a bien fait son devoir ?

JULES. Parfaitement, mon ami..... il est crevé !... Comment se porte mon oncle ?

ZURICH. A merveille, monsieur. (*A part.*) Pauvre animal !

JULES. Ah ! ma chère Isaure, que n'êtes-vous venue courir avec nous !

DORVILLE, *souriant.* Une jeune personne, Jules.

JULES. C'est qu'il n'y a rien au monde de délicieux comme une course...

ISAURE. On le dit.

JULES. Pas assez ! Figurez-vous dans une plaine immense, aux premiers rayons du soleil, trente, quarante, cinquante rivaux prêts à se disputer la palme... Écoutez le signal !

Air : *d'une marche suisse.* (Mariage à la hussarde.)

Tran, tran, tran, tran, tran,
Parcourant
Chaque rang,
Le clairon,
Met de front
L'escadron,
Qui n'attend
Que l'instant
Où, frappant
L'air troublé déjà,
Le fouet dans la plaine éclatera !
Cla, cla, cla, cla, cla,
Le voilà
S'élançant,
Se pressant,
Se froissant.
L'éperon
Vif et prompt
Des plus lents
Mort les flancs.
Cavaliers,
Coursiers,
De fureur,
D'ardeur,
Tout frémit,
Et fuit.
L'œil les suit dans la carrière ;
Est-il spectacle plus beau ?
Ce fracas dans la poussière
De la vie est le tableau.
Tel en avant
Croit souvent
Être habile,
Devant
Lui file
Un plus savant,
Et dans l'instant
Un enfant
Plus agile
Confond ces héros d'un moment !
Pan pan, pan, pan, pan,
Applaudi,
Enhardi,
Haletant,
Palpitant,
Mais doublant
Son élan,
Le premier
Au laurier
D'un seul bond
Il fond
L'immortelle fleur
Orne son front !
Flon, flon, flon, flon, flon,
La chanson,
Le clairon,
Mille cris
Réunis
Ont nommé,
Proclamé,
Le vainqueur.
De bonheur,
Il se sent mourir
Ah ! quel plaisir !

ZURICH. Oh ! mon Dieu, oui... quel plaisir là-bas !.... mais ici !..

JULES. Ici, quoi donc ?

ZURICH. Demandez à monsieur Dorville.

JULES. En effet, mon ami, je vous trouve un air triste...

DORVILLE. Ce n'est rien...

ZURICH. Non... ce n'est rien !... Monsieur quitte à l'instant même cette maison avec mademoiselle, pour n'y plus remettre les pieds...

JULES. Est-il possible ?

ZURICH. Monsieur le général !

DORVILLE. Zurich !...

ZURICH, *avec force.* C'est parti... Monsieur le général veut épouser de force mademoiselle Isaure, que son tuteur a l'intention de marier à un autre... monsieur Melval, qui demeure à Chambéry, et que vous connaissez... je crois...

JULES. En effet !

ISAURE. Quoi ?

DORVILLE. Vous ne l'auriez jamais su sans l'indiscrétion de cet homme...

JULES, *riant.* Ha ! ha ! la bonne plaisanterie !

ISAURE. Comment, monsieur, vous n'êtes pas plus effrayé des projets de votre oncle ?

JULES. Ma foi, non ; je n'ai jamais été effrayé de choses impossibles. Je ne me connais pas beaucoup en mariage, mais il me semble que l'union dont vous me parlez n'a point d'exemple...

ISAURE. Ah ! monsieur Jules !

JULES, *à Dorville.* Et voilà pourquoi vous vouliez... Eh bien ! non, monsieur... vous ne partirez pas... Je fais mon affaire de tout cela.

ZURICH. Bravo !

DORVILLE. Vous, jeune homme ?

JULES. Pourquoi non ?

DORVILLE. Eh ! qu'opposerez-vous à l'autorité de votre oncle ?

JULES. Sa tendresse pour moi.

DORVILLE. A ses faux raisonnements ?

JULES. Des raisons.

DORVILLE. A sa folie ?

JULES. Des folies !... je suis son neveu ; il a soixante ans, j'en ai dix-sept, nous verrons qui sera le plus extravagant !

DORVILLE. Adieu, Jules !...

JULES. Oui !... (*Allant vers le fond du théâtre.*) Je consigne monsieur Dorville à toutes les portes du château... (*Revenant.*) Mon ami, est-ce moi qui dois vous rappeler à la raison ? Se peut-il qu'un sage tel que vous ne juge pas mieux d'une erreur qui ne peut être que passagère ? mon oncle n'est-il pas sensible et bon ?

DORVILLE. Il est obstiné.

JULES. N'est-il pas honnête homme ?

DORVILLE. Tous les honnêtes gens ont leurs faiblesses...

JULES. N'importe, vous resterez ; non, monsieur, vous ne vous appartenez pas... De quel droit voulez-vous ravir à votre famille, à vous même, cette retraite honorable, que quinze ans de services auprès de mon oncle vous ont méritée ?

DORVILLE. Ah ! n'en dites pas davantage ; voilà le trait qui m'a le plus blessé. Le général n'a-t-il pas eu la cruauté de me reprocher tout à l'heure ce qu'il a fait pour moi ?

JULES. Mon oncle !

DORVILLE. Lui-même...

JULES. Ah ! je ne l'aurais jamais cru ! mais n'importe ! de grâce, mon ami, ne m'enlevez pas le plaisir d'essayer mon pouvoir sur son cœur. Chère Isaure, daignez vous joindre à moi... Faut-il, mon maître, que ton pauvre Jules tombe à tes pieds pour te fléchir ?

DORVILLE, *le relevant.* Cher enfant, qu'exigez-vous ?

JULES, *au fond du théâtre.* Monsieur Dorville ne part pas !... Avez-vous fait connaître à mon oncle vos intentions en faveur de monsieur de Melval ?

DORVILLE. Je n'ai pas dû le lui nommer.

JULES. N'importe ; si dans quelques heures je n'ai pas amené le général à réparer sa conduite de la manière la plus honorable pour vous, vous redevenez libre ; mais jusque-là, votre parole, mon ami, que vous ne tromperez pas Jules ?

DORVILLE. A ces conditions, je vous la donne.

JULES. Il suffit !

ZURICH. C'est un ange !

Il sort par le fond, Dorville et sa fille par la gauche.

SCÈNE VI.

JULES, *seul.*

Ah ça... me voilà chargé d'une expédition bien périlleuse !... Comment m'y prendre, et par où commencer pour empêcher l'ennemi d'agir ?... Mon oncle est entêté !... il faudrait le surprendre, le piquer au vif !... oui, mais il est emporté !... allons, allons, ayons recours aux moyens doux ! Qui sait, si le feu au château... Non ! mon oncle est fait au feu !... Il vaut mieux aller droit à son cœur... il m'aime, oh ! oui, il m'aime !... Il n'y a qu'un seul être au monde auquel il soit capable de sacrifier sa passion... et cet être, c'est moi !... voilà mon moyen trouvé... Il est amoureux !... je le serai aussi ! C'est cela ; mon oncle me cède Isaure, je la rends à monsieur de Melval... Il est bien heureux, monsieur de Melval, car Isaure... elle est bien jolie !... et mon présent de noces sera la récompense de mon gouverneur !... Oui, mais pour tout cela, il faut faire l'amour, et comment le fait-on ? je me suis toujours plus occupé des chevaux que des femmes !... Voilà comme on néglige l'éducation des jeunes gens... on leur apprend le latin, le grec, les mathématiques, la stratégie.... un tas de choses inutiles... et les choses aussi agréables qu'indispensables... Il faut pourtant que je sache... (*Appelant.*) Holà ! madame Bertrand, madame Bertrand !

SCÈNE VII.

JULES, Mᵐᵉ BERTRAND.

Mᵐᵉ BERTRAND. Monsieur, qu'y a-t-il pour votre service ?

JULES. Venez ; j'ai besoin de causer avec vous. Voyons, parlons un peu de l'amour...

Mᵐᵉ BERTRAND. De l'amour, monsieur...

JULES. Oui, oui, l'amour... vous devez le connaître à votre âge ?

Mᵐᵉ BERTRAND. Hélas ! monsieur, je m'en suis toujours bien gardée... c'est un poison si dangereux ! Je vais plutôt vous parler de la vertu, de la morale...

JULES. Je vous demande du poison !

Mᵐᵉ BERTRAND. Eh ! bon Dieu, qu'en voulez-vous faire ?

JULES. Je ne sais pas si j'en ferai quelque chose... mais je veux savoir ce que c'est.

Mᵐᵉ BERTRAND. Ah ! monsieur, mes connaissances sur ce sujet ne vont guère loin.

JULES. Dites toujours.

Mᵐᵉ BERTRAND. Eh bien... puisque vous l'ordonnez, je crois que lorsque l'on a rencontré l'objet que l'on veut aimer... voici à peu près l'ordre des procédés :

Air *de Lisbeth.*

D'abord la déclaration,
Billets doux, amoureux colloque,
Tendres égards, soumission,
Rendez-vous, protestation ;
Puis enlèvement réciproque...
Et puis quand on tient tout cela
D'une beauté trop enchantée,
Quelquefois on la plante là ;
Et voilà,
Et voila
Où j'en suis restée !

JULES. A la bonne heure ! A présent faites-vous une déclaration.

Mᵐᵉ BERTRAND. Que je me fasse une déclaration à moi-même ?

JULES. Sans doute ; il faut bien que j'apprenne de quels termes on se sert.

Mᵐᵉ BERTRAND. Mais, monsieur, c'est impossible...

JULES. Pourquoi donc ?

Mᵐᵉ BERTRAND. La modestie ne permet pas à une jolie femme de se dire à elle-même qu'elle est charmante, qu'elle est adorable ;

et si j'avais auprès de moi un galant... un jeune homme qui...

JULES. Un jeune homme!... (*Appelant au fond.*) Zurich! Zurich!

SCÈNE VIII.

LES MÊMES, ZURICH.

ZURICH. Monsieur!...

JULES. Voyons, vite, mon ami... faites une déclaration d'amour à madame.

ZURICH. Plaît-il?...

JULES. Faites à madame une déclaration d'amour!...

ZURICH. Eh! mon Dieu, monsieur, quelle idée!

Mme BERTRAND, *à part.* Elle est ravissante, son idée...

ZURICH. Vous ne connaissez donc pas madame Bertrand?

JULES. Que m'importe! ne pouvez-vous lui dire que vous l'aimez?

ZURICH. Tudieu! monsieur, je ne demanderais pas mieux... mais elle va m'étrangler!

JULES. C'est égal! faites-lui toujours les yeux doux.

ZURICH. Elle va me les arracher...

JULES. Un rien vous arrête... Voyons, je veux être obéi.

AIR : *La voix de la sagesse.*(Théophile, th. du Vaudeville.)

Soyez l'amant fidèle...

ZURICH.

Oui, je le suis vraiment.

JULES, *à Mme Bertrand.*

Et vous serez la belle...

Mme BERTRAND.

Monsieur... certainement...

JULES, *à Zurich.*

Parlez...

ZURICH.

Voici, je pense,
Comment un amoureux
Exprime sa souffrance
En faisant les doux yeux :
Depuis vingt ans je vous adore,
Hélas! ne voyez-vous pas bien
Que, si je brûle encore,
Je suis réduit à rien ?

JULES.

Alors que répond-elle?

Mme BERTRAND.

Composant mon maintien,
Je dis : Ce cœur fidèle
Brûle comme le tien !

ENSEMBLE.

Mme BERTRAND *et* ZURICH.

Ah! quel moment prospère !
Par cet heureux moyen,
J'avance mon affaire ;
C'en est fait, je $\frac{la}{le}$ tien.

JULES.

Déjà ceci m'éclaire!
Par cet heureux moyen,
Mon oncle aura beau faire,
C'en est fait, je le tien.
Est-ce tout ?

Mme BERTRAND.

Pas encore...
A cet aveu flatteur,
A celle qu'il adore
Un amant, plein d'ardeur,
Ose, le téméraire,
Dérober, sans frayeur,
Une faveur légère...

JULES *à Zurich.*

Dérobez la faveur.

ZURICH.

Quoi, monsieur ?

JULES.

Embrassez madame !

Mme BERTRAND *à part.*

Très-bien !

Zurich l'embrasse.

ZURICH.

Ah ! grand Dieu ! quel effet !

JULES.

Est-ce tout ?

ZURICH.

Sur mon âme,
Si madame voulait......

Mme BERTRAND, *le repoussant.*

Non, ça suffit, j'espère...
Finissons l'entretien !
C'est assez de lumière...
Monsieur ne veut plus rien !

ENSEMBLE

Mme BERTRAND *et* ZURICH.

Ah ! quel moment, etc.

JULES.

Déjà ceci m'éclaire, etc.

JULES. C'est vrai... rien qu'en les voyant... ils me donnent déjà des idées... c'est étonnant comme cela m'ouvre l'imagination...

Mme BERTRAND. Eh bien, monsieur?...

JULES. Je vois que vous vous adorez, mes amis ; je vous marie dans trois jours, et je vous fais présent de deux mille écus, si vous voulez m'aider à persuader à mon oncle que je suis amoureux de mademoiselle Isaure.

Mme BERTRAND. Deux mille écus et un mari!...

JULES. Guettez d'abord le retour de mon oncle, et confiez-lui, d'un air bien mystérieux que je suis le rival qu'on oppose à son bonheur. Je vous dirigerai pour le reste de la campagne, et je me charge de la manœuvre.

ZURICH. Le bon petit général!

Mme BERTRAND. Mais, monsieur Jules, tromper un brave homme comme monsieur d'Hermilly...

JULES. Soyez tranquille; revenu de son erreur, il sera le premier à nous en remercier.

Air : *Rions, chantons, aimons, buvons.*

Par un mensonge officieux
Nous servons toute une famille ;
Mon oncle redevient heureux,
Nous sauvons une jeune fille.
Mes amis, croyez-en mon cœur,
Faisons d'abord ce qu'il commande,
Trompons les gens pour leur bonheur,
Et prions Dieu qu'on nous le rende.

ZURICH, *sautant de joie.* Allons, madame Bertrand... si le cœur vous...

Mme BERTRAND. Allons donc, monsieur Zurich, touchez là...

JULES. Paix !... voilà Isaure... Ah ! si mon oncle pouvait me surprendre avec elle...

ZURICH. Il ne doit pas tarder à revenir.

JULES. Eh bien, à votre poste ! Deux coups dans la main quand mon oncle sera près d'entrer ici.

ZURICH. C'est convenu !

JULES. Allez, et surtout soyez discrets...

Mme Bertrand et Zurich sortent.

SCÈNE IX.

JULES, ISAURE.

JULES. Ah ! c'est vous, ma chère Isaure ?

ISAURE. Pardon, monsieur... j'avais cru entendre ici... madame Bertrand... je voulais la prier de me rendre un service.

JULES. Lequel ?

ISAURE. Mon tuteur m'a chargée d'informer monsieur de Melval de ce qui se passe...

JULES. Eh bien, donnez-moi votre billet.

ISAURE. Je n'en ai point...

JULES. Comment ?

ISAURE. C'est de vive voix qu'on devra le prévenir de se rendre tout de suite chez ma tante, à Chambéry, où je vais tâcher d'aller aussi.

JULES. Mauvais moyen ! il me semble qu'il ne faut jamais mettre des valets dans sa confidence. Écrivez, je me charge de votre lettre.

ISAURE. Mais, monsieur...

JULES. Puisque votre tuteur vous a chargée... il ne peut trouver mauvais...

ISAURE. C'est que... je ne sais pas... je n'ai jamais écrit qu'à des amies de pension...

JULES.

Air de *la Robe et des Bottes.*

Eh quoi ! vous ne sauriez écrire
Au digne objet de vos amours
Que pour lui vôtre cœur soupire
Et que vous l'aimerez toujours !

ISAURE

Non, et cela me désespère...
Pourtant ce tort n'est pas le mien !
Je l'ai dit vingt fois à ma mère,
En pension l'on ne vous apprend rien,
En pension l'on ne vous apprend rien.

JULES. Eh bien !... (*A part.*) Oui, c'est cela ! (*Haut.*) Asseyez-vous à cette table... (*A part, la regardant pendant qu'elle va s'asseoir.*) J'en suis pour ce que j'ai dit, plus je la regarde... il est bien heureux ce monsieur de Melval !... (*Haut.*) Vous y êtes... je vais dicter... « Mon ami, notre amour est menacé des plus grands dangers... »

ISAURE. Qu'est-ce que vous dites donc là, monsieur ?... je n'ai jamais appelé monsieur de Melval mon ami... je ne lui ai jamais parlé de mon amour...

JULES, *avec un étonnement qui laisse percer un peu d'une joie involontaire.* Ah !... est-ce que vous ne l'aimez pas ?

ISAURE. Dam ! si fait, je l'aime, puisque nous avons été presque élevés ensemble... comme frère et sœur... et que d'ailleurs mon tuteur me l'a choisi pour mari !

JULES. C'est... c'est égal !... écrivez toujours ce que je vous dis... c'est essentiel ! nous verrons après. (*Il cherche pendant qu'Isaure écrit.*) « Il faut donc prendre un parti » sérieux... rendez-vous sur-le-champ... où » vous savez... chez votre tante, à Cham- » béry... » Il la connaît ?...

ISAURE, *écrivant.* Oui... oui... monsieur...

JULES. « Vous ne tarderez pas à y voir ar- » river votre... fidèle Isaure... » Là !

ISAURE, *achevant d'écrire.* Isaure !

JULES, *prenant vivement la lettre et la pliant.* C'est bien !

ISAURE. Quoi, monsieur... vous allez envoyer cette lettre...

JULES. Ne craignez rien, chère Isaure ; je ferai tout ce qu'il faudra. (*A part.*) Mon oncle n'arrive pas !...

ISAURE. Qu'avez-vous donc, monsieur Jules ? vous paraissez tout agité.

JULES. Rien, rien... chère Isaure... (*A part.*) Ah ! mon Dieu, qu'il tarde à rentrer ?

ISAURE.

Air *du Piége.*

Quelque secret, je crois l'apercevoir,
Vous occupe, je le soupçonne...

JULES.

Oh ! non, je ne voudrais avoir
Ici de secret pour personne...

ISAURE

Parlez-moi donc alors sans vous troubler...
C'est l'amitié qui le commande...

JULES, *regardant vers le fond.*

Ce n'est pas tout que de parler...
Il faut encor que l'on m'entende ;
Il faut surtout que l'on m'entende.

ISAURE. Eh bien, monsieur Jules, je suis toute prête...

On entend frapper deux coups dans la main.

JULES, *à part.* Le signal !... dépêchons-nous !... (*Haut.*) Eh bien, chère Isaure, puisque vous exigez que je parle, apprenez que vos charmes, votre esprit, votre beauté, tout m'enhardit... (*Bas.*) Ne vous troublez pas...

ISAURE. Juste ciel !

SCÈNE X.

LES MÊMES, D'HERMILLY.

D'HERMILLY, *sans les voir.* Ce petit effronté serait mon rival... (*L'apercevant.*) Ah !...

Il reste au fond.

JULES, *à part.* Le voilà ! (*Haut.*) Oui, adorable Isaure (*il se jette à ses pieds*), vous ne pouvez douter du plus sincère amour. (*Bas.*) Laissez-moi parler... (*Haut.*) Vous êtes sans cesse présente à ma pensée, (*bas*) c'est dans votre intérêt... (*haut*) et vous êtes pour moi ce que la nature a produit de plus beau et de plus ravissant... (*Bas.*) Ne m'en veuillez pas... je dis la vérité !

ISAURE. Mais, monsieur !

JULES. Donnez-moi cette main, que j'y dépose le gage du sentiment le plus tendre... (*Bas, en lui baisant la main.*) C'est la force des circonstances ; donnez, donnez !...

D'HERMILLY, *s'avançant furieux.* Téméraire !

ISAURE. Ah !...

Elle se sauve.

SCÈNE XI.

D'HERMILLY, JULES.

JULES, *avec joie.* Eh ! bonjour, mon cher oncle ; je vous attendais avec impatience...

D'HERMILLY. Malheureux !...

JULES. Mais pas trop... vous l'avez vu... permettez que je vous embrasse...

D'HERMILLY. Je voudrais bien savoir, monsieur...

JULES. Si j'ai été victorieux ?... Eh bien, mon oncle, regardez !

D'HERMILLY, *examinant les couronnes.* Comment ! tu as gagné...mais il ne s'agit pas de cela !

JULES. La course a été magnifique ! une poussière d'enfer !

D'HERMILLY. Je vous dis qu'il ne s'agit pas de cela...

JULES. Société brillante !... un bruit de diable. Il n'y manquait que vous...

D'HERMILLY. Voulez-vous bien m'entendre ?

JULES. Il n'y a eu qu'un cri pour vos chevaux...

D'HERMILLY. Corbleu !... je vous... Répondez, monsieur, que faisiez-vous là, tout à l'heure, aux pieds de cette jeune personne ?

JULES. Quoi, là ! Oh !... presque rien, mon oncle ; j'apaisais une petite querelle, que mon départ avait fait naître... Ces femmes sont d'une exigence...

D'HERMILLY. Comment, drôle ! il serait donc vrai que vous aimez la pupille de votre gouverneur ?

JULES. Depuis six mois, j'en suis fou...

D'HERMILLY. Et c'est aujourd'hui que je l'apprends ?

JULES. En effet, j'avais oublié de vous en parler ; j'étais si assuré que cet amour vous comblerait de joie, que j'allais toujours. Convenez qu'elle est jolie ?... hein !...

D'HERMILLY. Quoi ! vous vous êtes flatté... ?

JULES. Pourquoi non ? la pupille, la parente de mon gouverneur, d'un homme qui a consacré sa vie entière à votre bonheur !... Quel moyen plus doux d'acquitter ce que nous lui devons ! Oui, me suis-je dit, voilà une occasion de faire la cour à mon oncle ; je le connais, il est noble et généreux ! s'il avait quarante ans de moins, il s'attacherait à cette enfant, il l'épouserait ; mais mon oncle est raisonnable, judicieux, il sait qu'il lui est impossible aujourd'hui de remplir un tel devoir, je m'en charge... un tel plaisir, je le prends ; et sa fortune, qu'il doit me donner un jour, servira ainsi, en même temps, sa tendresse pour moi et sa reconnaissance pour son ami...

D'HERMILLY. A-t-on jamais vu un blanc bec plus effronté que celui-là !...

JULES. Qu'avez-vous donc, mon oncle ?...

D'HERMILLY. Ce que j'ai ?... que vous ayez sur-le-champ à renoncer à ce fol amour...

JULES. Moi, mon oncle, impossible !...

D'HERMILLY. Il vous sied bien, à votre âge, de vouloir vous charger du bonheur d'une femme !

JULES. Que me manque-t-il donc ?

D'HERMILLY.

Air du Vaudeville de l'Apothicaire.

A dix sept ans de pareils vœux !
C'est une idée extravagante !
Ce n'est qu'au chêne vigoureux
Qu'on voit s'unir la jeune plante...
Avant d'offrir à l'arbrisseau
Le soutien qu'il cherche et qu'il aime...
Apprenez, fragile roseau,
Qu'il faut se soutenir soi-même.

JULES. Eh bien, mon oncle, nous nous soutiendrons ensemble...

D'HERMILLY, *à part.* Il a réponse à tout.... (*Haut.*) Écoute, Jules...

JULES. Plaît-il, mon oncle ?

D'HERMILLY. Ne nous fâchons pas...

JULES. Il ne tient qu'à vous...

D'HERMILLY. Parlons raison...

JULES. C'est mon fort !

D'HERMILLY, *le tenant dans ses bras.* Tu es un joli garçon...

JULES. C'est vrai, mon oncle !

D'HERMILLY. Tu as un esprit du diable...

JULES. Quelquefois !...

D'HERMILLY. Tu es fait pour parvenir à la gloire la plus brillante.

JULES. Je n'ai qu'à vous imiter.

D'HERMILLY. Eh bien, mon ami, malgré toutes ces belles qualités, Isaure ne t'aime pas !

JULES. Erreur !

D'HERMILLY. Non, monsieur, elle ne vous aime pas... Pour l'avoir vue quelquefois au château d'Hermilly, ou chez sa tante, croyez-vous avoir laissé dans son cœur une impression profonde ?... Vous connaissez bien mal les femmes...

JULES, *avec malice.* Mais les femmes me connaissent...

D'HERMILLY, *à part.* Petit fat ! (*Haut.*) Et s'il se présente un rival...

JULES. Je le ferai sauter !

D'HERMILLY. Si c'est moi ?

JULES. Si c'est vous, mon oncle, je ne vous tuerai pas, mais j'épouserai Isaure.

D'HERMILLY. C'est ce que nous verrons...

JULES. C'est ce que vous verrez... L'amour ne connaît pas d'obstacles... nous fuirons plutôt au bout du monde ; nous vous empêcherons de commettre une injustice ; vous le sentirez, vous me rappellerez, et vous finirez par dire : Ce petit drôle est plus sage que moi !

D'HERMILLY. Insolent ! rendez-vous au bastion pour y garder les arrêts forcés !

JULES. Les arrêts !... c'est juste, mon oncle ; vous êtes mon général... mais cela ne me rendra ni moins fidèle ni moins aimé...
Il sort.

D'HERMILLY. Oh ! je saurai bien empêcher... (*Appelant.*) Holà ! Zurich ! madame Bertrand ! André ! Georges ! tout le monde !

SCÈNE XII.

D'HERMILLY, Mᵐᵉ BERTRAND, ANDRÉ, GEORGES.

Mᵐᵉ BERTRAND. Monsieur appelle ?

D'HERMILLY. Que dès ce moment personne n'entre au château ou n'en sorte sans mon ordre ; allez ! (*Les Domestiques sortent.*) Et vous, madame, répondez !

Mᵐᵉ BERTRAND. Mon Dieu, monsieur, vous m'épouvantez.

D'HERMILLY. Comment se fait-il que je n'aie pas été instruit plus tôt de ce qui se passe chez moi ?

Mᵐᵉ BERTRAND. Que se passe-t-il donc ?

D'HERMILLY. Ce qui se passe !... Un drôle qui se permet d'être amoureux... à dix-sept ans...

Mᵐᵉ BERTRAND. Ma foi, monsieur, c'est le bel âge.

D'HERMILLY. Eh ! vous n'êtes qu'une folle, vous ne savez ce que vous dites... Croyez-vous qu'Isaure soit réellement éprise de mon neveu ?

Mᵐᵉ BERTRAND. Eh ! eh !...

D'HERMILLY. Cela n'est pas vrai ! mais qui diable a osé favoriser chez moi de pareilles amours ?

Mᵐᵉ BERTRAND. Oh ! pour ça, monsieur...

D'HERMILLY. Vous mentez !

Mᵐᵉ BERTRAND. J'avoue que ces deux enfants sont bien intéressants... mais à moins que monsieur Zurich ne s'en soit mêlé lui-même...

D'HERMILLY. Zurich ! c'est impossible...

SCÈNE XIII.

D'HERMILLY, Mᵐᵉ BERTRAND, ZURICH.

Pendant cette scène et les suivantes, on voit de temps en temps Jules paraître à la porte du fond ; c'est lui qui fait entrer les domestiques.

ZURICH, *une lettre à la main.* Monsieur Jules, voici pour vous. (*Apercevant le Général.*) Ah !

D'HERMILLY. Qu'est-ce ?

ZURICH. Monsieur, ce n'est rien...

D'HERMILLY. Vous cachez un papier ?

ZURICH. C'est vrai, monsieur...

D'HERMILLY. Je veux le voir.

ZURICH. Mais, monsieur, ce n'est pas à vous qu'il s'adresse.

D'HERMILLY. Qui vous l'a remis ?

ZURICH. C'est mademoiselle Isaure, qui, venant d'apprendre que monsieur Jules était aux arrêts, s'est empressée de lui écrire un petit mot, c'est bien naturel.

D'HERMILLY. Comment, traître, vous vous chargez d'un pareil message ?

ZURICH. Hélas ! monsieur, quand il y a des motifs...

D'HERMILLY. Comment ?

ZURICH. Et puis, une petite bourse que mademoiselle Isaure avait mise sous la lettre...

D'HERMILLY. Sur ta vie, remets-moi ce papier.

ZURICH. Oh ! je n'ai rien à refuser à monsieur le général. (*Il lui donne le billet.*) Voilà !

D'HERMILLY, *lisant.* « Mon ami !... notre » amour est menacé des plus grands dan-

» gers... il faut donc prendre un parti sé-
» rieux... Rendez-vous sur-le-champ où vous
» savez, vous ne tarderez pas à y voir arriver
» votre fidèle Isaure. » C'est clair !... il est
aimé !... Mais, morbleu ! il ne tient encore
que les avant-postes, et je le forcerai bien à
en rester là ! Dussé-je poser vingt senti-
nelles autour de sa chambre, il n'ira pas au
rendez-vous.

SCÈNE XIV.

LES MÊMES, ANDRÉ.

ANDRÉ. Monsieur le général !

D'HERMILLY. Qu'y a-t-il ?

ANDRÉ. Monsieur Jules vient de s'échapper
de son appartement !

D'HERMILLY. S'échapper ! quelle effronte-
rie ! quelle audace ! et par quel moyen ?

ANDRÉ. Il a sauté par la croisée.

D'HERMILLY. Ah ! mon Dieu !... il ne s'est
pas blessé ?...

ANDRÉ. Non, monsieur... grâce au ciel et
à mes épaules, qui l'ont reçu.

D'HERMILLY. Ah ! mais...

SCÈNE XV.

LES MÊMES, GEORGES.

GEORGES. Monsieur !

D'HERMILLY. Encore !

GEORGES. Mademoiselle Isaure vient de
sortir du château ; elle se dirige vers le bois
qui est au fond du parc, du côté où se trouve
le petit chalet, dont la porte donne sur la
route de Chambéry.

D'HERMILLY. Courez vite sur ses pas.
(*André sort avec Georges.*) Oh ! il n'y a
plus à balancer... il faut que je coure moi-
même à présent. (*A Mme Bertrand.*) Où est-
il ce rendez-vous d'enfer ?

Mme BERTRAND. Moi, monsieur, je ne sais
pas où ces choses-là se donnent.

D'HERMILLY. Voulez-vous bien parler ?...
si ce drôle allait faire un coup de tête, me
quitter, qu'est-ce que je deviendrais ! (*A
Zurich.*) Parleras-tu ?

ZURICH. Eh ! monsieur, donnez-lui mademoiselle Isaure, et qu'il vous laisse tranquille !

D'HERMILLY. Oui da !... deux bataillons,
un escadron s'il le faut, vont me répondre
d'eux...

Si je puis les atteindre,
Bientôt ils apprendront
Tout ce qu'ils ont à craindre
Pour un pareil affront !
Vainement ce couple rebelle
De mes lois croit se faire un jeu ;
A l'instant j'enlève la belle,
Et j'enferme mon cher neveu.
Ah ! je veux les atteindre.
Bientôt, etc.

ENSEMBLE.

ZURICH *et* Mme BERTRAND.

Il ne peut les atteindre ;
Mais, hélas ! ils sauront
Tout ce qu'ils ont à craindre
Pour un pareil affront.

Il sort vivement.

SCÈNE XVI.

JULES, ZURICH, Mme BERTRAND.

JULES, *regardant sortir son oncle.* Pauvre
oncle ! faut-il être obligé de tourmenter
ainsi le meilleur des hommes ! (*A Zurich
et à madame Bertrand.*) Mes amis, je suis
content de vous ; mais tout n'est pas fini.

ZURICH. Non, vraiment, car monsieur le
général vous cherche pour vous faire enfermer...

JULES. Et il le ferait comme il le dit ;
mais j'y ai pourvu. Puisqu'il ne se rend pas
aux preuves de mon amour... à celles de
l'amour d'Isaure, il faut frapper les grands
coups.

ZURICH. Aye, aye, aye, ça ira mal.

JULES. Retenez bien ma dernière leçon...

Mme BERTRAND. Quoi donc, monsieur ?

JULES. Mon oncle est allé sans doute vi-
siter le chalet, la ferme, tous les environs,
et il ne trouvera personne ; il va rentrer furieux ; je me présente à lui, et quoi que je
dise, quoi que j'invente, quoi que j'allègue,
dites oui, toujours oui, rien que oui... et en-
suite... (*presque soupirant*) nous verrons...

ZURICH *et* Mme BERTRAND. Oui, monsieur !

JULES. Sans cela point de mariage, point
de dot !

Mme BERTRAND *et* ZURICH. Oui, oui, oui.

JULES. Allez maintenant vous mettre en
embuscade, et n'oubliez pas de me prévenir...

Zurich et Mme Bertrand sortent.

SCÈNE XVII.

JULES, *puis* ISAURE.

JULES. Oui... je suis piqué au jeu, et je

réussirai, j'espère... Pourquoi faut-il?... moi, qui voulais ce matin savoir ce que c'est que l'amour, je le connais à présent!... Ah! Isaure, c'est drôle... il a fallu que j'apprenne qu'elle est promise à un autre, et que mon oncle veuille aussi l'épouser, pour que je m'aperçoive qu'elle est charmante... pour que je l'aime... Mais oui, je l'aime. Je ne suis encore qu'un enfant, disent-ils? Mais j'ai bientôt dix-huit ans, et à cet âge-là on est un homme!... et enfin j'ai entrepris de faire son bonheur... Quoiqu'il m'en coûte... poursuivons mon projet... C'est égal... en pareil cas, c'est bien ennuyeux d'agir pour un autre...

Il réfléchit.

ISAURE, *sortant doucement et rêveuse de la chambre de son père et sans voir Jules.* Comment!... il m'adore... mais dam!... il me l'a dit... il s'est jeté à mes pieds, et depuis ce moment-là, c'est drôle, je ne puis m'empêcher de penser à lui... à présent il me semble que je ne voudrais pas plus épouser monsieur de Melval que monsieur d'Hermilly... (*Apercevant Jules.*) Ah!

JULES, *à part.* C'est elle!... qu'elle ne soupçonne pas du moins...

ISAURE. Eh bien, monsieur Jules?

JULES, *gaiement.* Tout va le mieux du monde, mademoiselle.

ISAURE. Quoi!... votre oncle?

JULES. J'en fais ce que je veux, il est d'une douceur charmante... il me met aux arrêts, me fait sauter par les fenêtres, et court après moi pour me faire enfermer...

ISAURE. Que voulez-vous dire?

JULES. Que dans une heure j'aurai comblé vos vœux et ceux de votre tuteur.

ISAURE. Mes vœux!... et... cet amour que vous avez pour moi?...

JULES. Oh!... cet amour... il ne doit pas vous occuper beaucoup... vous savez bien que... c'était une feinte.

ISAURE. Une feinte! Comment, monsieur, c'était une feinte?...

JULES. Mais, oui... c'était indispensable pour l'exécution de ce que j'ai entrepris....

ISAURE, *comme désillusionnée.* Ah!... en effet... oui, je comprends,.. c'était une feinte... mais si monsieur votre oncle venait à penser...

JULES. Qu'importe, si pour vous tout finit bien?...

ISAURE, *à part.* Qui jamais aurait cru que c'était une feinte?...

LES MÊMES, ZURICH, *puis* Mme BERTRAND.

ZURICH, *annonçant.* Monsieur, monsieur, j'entends jurer dans la cour.

JULES. C'est mon oncle!... Rentrez, chère Isaure, et priez monsieur Dorville de tenir fidèlement la parole qu'il m'a donnée.

ISAURE. Mais, monsieur Jules!

Mme BERTRAND, *annonçant aussi.* Voilà monsieur le général!

JULES, *à Isaure.* Rentrez, je vous en conjure, si vous ne voulez pas être madame d'Hermilly.

ISAURE, *à part, en sortant.* C'était une feinte, c'est dommage!

JULES. Voyons, où en étais-je? (*A part.*) C'est toujours bien terrible, que ce soit pour un autre... (*Haut.*) Ah! vous, madame... dans ce fauteuil, tremblante, effrayée, le mouchoir sur les yeux... (*A Zurich.*) Toi, un air de désordre... une joie bête sur la figure.

ZURICH. Hein?

JULES. Plus bête que ça.

ZURICH. Diantre!... vous êtes difficile!

JULES. Tu viens de commettre une action très-blâmable, et tu avoueras à mon oncle...

D'HERMILLY, *en dehors.* Damnation!...

JULES, *prenant Zurich au collet.* Scélérat!... tu ne mourras que de ma main...

LES MÊMES, D'HERMILLY.

D'HERMILLY. Comment!... qu'est-ce?... vous voilà donc, monsieur?

JULES. Oui, mon oncle; justice, justice de cet infâme!

D'HERMILLY. Qu'a-t-il donc fait?

JULES. L'action la plus noire, la plus lâche, la plus atroce, dont vous serez vousmême indigné, mon oncle...

D'HERMILLY. Qu'est-ce donc?

JULES. Il m'a réduit au désespoir, il m'a plongé un poignard dans le cœur. Il s'est permis, à l'aide de quelques misérables de son espèce, d'enlever Isaure au détour du jardin, et de la conduire je ne sais où...

D'HERMILLY, *à Zurich.* Comment, tu as fait cela?

ZURICH, *à part.* Ça ira mal!

Mme BERTRAND, *à part.* Que dit-il donc?

ZURICH, *regardant Jules, qui lui fait des signes.* Oui... oui... monsieur!

D'HERMILLY. Bravo!..... Je double tes gages !

ZURICH, *à part*. Diable! ça n'ira pas si mal...

JULES. Quoi, mon oncle, vous applaudissez à une telle indignité?

D'HERMILLY. Oui, sans doute, j'y applaudis...

JULES. Eh bien, mon oncle, apprenez que cette violence...

D'HERMILLY. Est légitime !

JULES, *se jetant à ses pieds*. Inutile !... Perdez, si vous le voulez, un infortuné neveu, perdez l'intéressante Isaure ; mais vos espérances, vos efforts, vos projets contre elle sont superflus : Isaure est ma femme !

D'HERMILLY. Quoi ?

JULES, *à part*. Ah! si c'était vrai !

Mme BERTRAND, *à part*. Bon Dieu! quelle idée !

D'HERMILLY. Isaure votre femme !... c'est impossible !

JULES. Hélas! mon oncle! demandez à ces deux serviteurs, qui vous sont si dévoués...

D'HERMILLY. Quoi, traître !

Mme BERTRAND *et* ZURICH, *obéissant aux signes de Jules*. Oui, oui, monsieur...

ZURICH, *à part*. Ah! ça ira mal.

JULES. Sans eux, sans leurs conseils, j'avoue que je n'aurais jamais osé former un tel lien ; mais perdu d'amour dans ce château, pendant votre dernier voyage à Naples... N'est-ce pas ?

Mme BERTRAND *et* ZURICH. Oui, monsieur.

JULES. Trop persuadé que monsieur Dorville, qui destinait sa pupille à monsieur de Melval, ne m'accorderait jamais sa main, nous avons profité de deux jours qu'il alla passer à Chambéry pour nous adresser au chapelain d'Annecy, qui a consenti à nous marier secrètement...

D'HERMILLY, *furieux*. Oh !... c'est trop fort! Je rentre chez moi, car j'en deviendrais fou... mais je ferai casser ce mariage.

AIR : Aux braves hussards du deuxième.

Et vous, misérables complices,
Dont les conseils l'ont dirigé,
De vos coupables artifices
Avant peu je serai vengé,
Oui, bientôt je serai vengé !
Sortez, fuyez de ma demeure...

JULES, bas à Zurich et Mme Bertrand.

Pour vous marier au plus tôt...

D'HERMILLY.

Vous serez pendus dans une heure !

JULES, à part en leur donnant une bourse.

Mes amis, voilà votre dot !

D'HERMILLY, *qui avait fait quelques pas vers son appartement, s'arrête, se retourne,* et les voyant, *dit à part avec la plus grande surprise*. De l'argent!... et tout à l'heure il voulait les étrangler... je suis joué !...

JULES, *bas à Zurich, en le poussant dehors*. Allez dire à Dorville qu'il peut faire prévenir M. de Melval !..... rien ne s'oppose plus à ce qu'il soit l'époux d'Isaure...

D'HERMILLY, *à part*. Melval! l'époux d'Isaure !... plus de doute, l'amour, l'enlèvement, le mariage... tout est faux !

⁓⁓⁓⁓⁓⁓⁓⁓⁓⁓⁓⁓⁓⁓⁓⁓⁓⁓⁓⁓⁓⁓⁓⁓⁓

SCÈNE XX.

JULES, D'HERMILLY.

JULES, *se retournant et voyant son oncle*. Quoi ! vous êtes là?...

D'HERMILLY. Oui, monsieur... je reviens... pour vous parler... à vous seul...

JULES, *d'un air bien contrit*. Eh bien, mon cher oncle ?

D'HERMILLY, *à part*. Et cet air hypocrite !... Oh! oui, oui... je suis joué. (*Avec joie.*) Mais à mon tour...

JULES, *timidement*. Qui décide votre cœur généreux ?

D'HERMILLY. Laissez-moi !... marié ! marié à dix-sept ans !

JULES, *avec intention*. Ce n'est pas trop tard...

D'HERMILLY. Alors, monsieur, puisque vous n'avez pas craint de briser le cœur d'un oncle qui vous a tant aimé...

JULES, *avec amitié*. Ah ! pouvez-vous le penser ?

D'HERMILLY. Vous porterez la peine de votre conduite, car vous n'avez pu douter que vous ne commissiez une faute impardonnable ?...

JULES. C'est vrai, mon oncle !... pourtant que voulez-vous ?... En fait de folies, j'aime mieux m'en charger qu'un autre...

AIR de Mme Favart.

Souvent qui fait une imprudence,
En épargne une à son voisin ;
Un faux pas est sans conséquence
Pour qui commence un long chemin.
Si faillir est notre partage,
Si nul ne peut s'en préserver...
Tombons du moins, tombons dans l'âge
Où nous pouvons nous relever !

D'HERMILLY, *à part*. Il a raison !... (**Haut.**) Mais, insensé, vous voilà puni déjà, car vous avez épousé une fille sans fortune... elle n'a rien... et son tuteur a perdu tous ses droits à ma bienveillance...

JULES, *timidement*. Ne suis-je pas votre neveu?

D'HERMILLY. Mon neveu !... (*A part.*)

Voyons, si je pourrai le contraindre à avouer sa ruse... (*Haut.*) Et vous avez compté sur moi pour réparer vos torts... Vous avez cru que j'aurais encore assez de bonté, de faiblesse... pour les pardonner ; rayez cela de vos tablettes, monsieur... Je vous abandonne, vous et votre nouvelle famille...

JULES. Ah ! mon oncle !

D'HERVILLY. Quoi, monsieur ?

JULES. Vous ne serez pas assez rigoureux...

D'HERMILLY. Si fait, je le serai... Tout ce que vous pouvez attendre de moi... c'est à peine de quoi entrer à l'école des Cadets... pour que vous vous fassiez un état vous-même, pour que vous ne mourriez pas de faim !

JULES. Je ne désirerais pas beaucoup plus, pourvu que je conserve votre amitié...

D'HERMILLY, *à part.* Il ne dira rien !

JULES. Mais j'espère...

D'HERMILLY. Et qu'avez-vous l'audace d'espérer, monsieur ?

JULES. Quand on a fait une faute, je sais qu'il faut être modeste... Vous possédez près d'Annecy une petite terre que vous avez surnommée, je crois, la Retraite d'un ami...

D'HERMILLY. Ah ! ah !...

JULES. C'est là que j'ai commencé mon éducation, avec mon gouverneur ; là que je me plaisais tant... et lui aussi...

D'HERMILLY. Eh bien !

JULES.

AIR : Femmes, voulez-vous éprouver.

Ce simple asile me suffit ;
Le sage aime la solitude;
De vertu le cœur s'y nourrit;
Elle est favorable à l'étude.

D'HERMILLY, à part.

Ah! le coquin ! l'aimable tour !
Je vois trop bien ce qu'il projette...
Il veut avec son faux amour
De l'amitié payer la dette.

JULES. Mon oncle ! j'attends mon arrêt...

D'HERMILLY. Votre arrêt !... Cette terre... j'avais l'intention de la donner à Dorville, aujourd'hui même... mais à présent.

SCÈNE XXI.

LES MÊMES, ZURICH, UN NOTAIRE, PUIS DORVILLE, ISAURE ET Mme BERTRAND.

ZURICH, *annonçant.* Monsieur, votre notaire !...

D'HERMILLY. C'est bien !... Qu'on fasse venir monsieur Dorville ! (*Au notaire.*) Mettez-vous là, monsieur.

ZURICH, *allant à la porte à droite qu'il a laissée ouverte.* Monsieur Dorville !

D'HERMILLY, *à part.* Ah! nous allons voir si ce démon parlera !...

DORVILLE, *entrant avec Isaure et Mme Bertrand.* Me voici, général !

D'HERMILLY, *à Dorville.* Vous avez refusé ce matin la demande que je vous adressais, monsieur... je le conçois maintenant, puisque vous ne pouviez plus disposer de la main de votre pupille... puisqu'elle est mariée !...

DORVILLE *et* ISAURE, *stupéfaits.* Mariée !...

JULES, *à part.* Aye, aye, aye.

D'HERMILLY, *à part, regardant Jules.* Rien encore... Oh ! je le pousserai dans ses derniers retranchements...

DORVILLE. Général, qu'avez-vous dit ?

D'HERMILLY. La vérité, monsieur !... ce mariage que je voulais faire rompre d'abord, je punirai les coupables en le légitimant... en le publiant...

JULES, *à part.* Ah ! mon Dieu !

D'HERMILLY, *au notaire.* Écrivez, monsieur. (*Dictant.*) Contrat de mariage entre Jules d'Hermilly...

ISAURE, *vivement.* Mais non, mais non ; ce n'est pas monsieur Jules que je dois épouser...

DORVILLE. Jules, mon élève !... est-il possible ?... oh ! non, jamais...

D'HERMILLY. Vous me trouviez trop vieux ce matin ; vous ne m'alléguerez pas le contraire pour monsieur mon neveu... car, en Sardaigne, la noblesse a le privilége de se marier très-jeune... (*Au notaire.*) Écrivez, monsieur... Entre Jules d'Hermilly et Isaure Dorville...

DORVILLE. Général !

JULES, *à part.* Eh ! mais il est très-aimable, mon oncle...

D'HERMILLY. Que dites-vous, monsieur ?... (*A part.*) Ah! j'espère qu'enfin... (*Haut.*) Vous ne refuserez sans doute pas de signer cet acte ?...

JULES. Refuser, moi ?... du tout, du tout, mon oncle, si ça vous fait plaisir...

D'HERMILLY, *étonné.* Comment ?

JULES. Je suis prêt... Mais c'est Isaure qui peut-être...

ISAURE, *vivement et avec naïveté.* Oh... moi... si monsieur le général le veut absolument... je crois que j'aime mieux monsieur Jules... à moins que mon tuteur.

DORVILLE. Qu'entends-je !...

D'HERMILLY. En voici bien d'une autre !

JULES, *avec la plus grande joie.* Ah! mon cher oncle !... Elle m'aime, et moi aussi je l'aime, je l'adore... mariez-nous ; nous signerons tout ce que vous voudrez...

D'HERMILLY. Eh bien, à la bonne heure !

ISAURE. Ah !... ce n'était donc pas une feinte !...

DORVILLE. Ils ne sont donc pas... ?

D'HERMILLY. Eh ! non, morbleu ! je voulais

seulement faire avouer à ce drôle la ruse qu'il a employée, et c'est encore lui...

JULES. Quoi, mon oncle, vous saviez?...

D'HERMILLY. Eh! oui, coquin!... je savais tout, excepté cet amour... que je ne puis comprendre encore...

JULES. Mon Dieu! mon oncle, c'est vous qui en êtes cause; en feignant d'aimer Isaure pour vous détourner de l'épouser, sans y prendre garde, je me suis mis à l'aimer tout de bon! Que voulez-vous? l'amour vient sans qu'on y pense...

ISAURE. Oh! mon Dieu, oui!...

DORVILLE. Général, vous me voyez aussi surpris que désespéré...

JULES. Ah! mon cher gouverneur, veuillez me pardonner... faites plus... accordez-moi la main d'Isaure. Si vous me refusez... je me soumettrai... mais j'en mourrai, bien sûr...

D'HERMILLY. Mourir! je n'entends pas cela...

DORVILLE. Jules, ma parole est donnée à Melval... Que penserait surtout votre oncle?...

D'HERMILLY. Eh! mon ami, que ces jeunes gens s'aiment de l'amour le plus tendre, et que ce n'est qu'en faveur de mon neveu que je puis me désister de mes prétentions. D'ailleurs je me charge de vous dégager envers Melval. Ainsi (au notaire) écrivez, monsieur, qu'en faveur de ce mariage, je donne à Isaure cent mille francs de présent de noces... plus la petite propriété... Tu sais, Jules, la Retraite d'un ami!...

JULES, lui sautant au cou. Ah! mon cher, mon bon oncle!

ISAURE et DORVILLE. Monsieur?

D'HERMILLY. Voulez-vous bien vous taire?

Air : *Un page aimait la jeune Adèle.*

La raison, ta sage folie,
Ce que l'on doit à la beauté...
D'une erreur que j'ai trop chérie
Ont fait triompher ma fierté.
Du passé perdons la mémoire;
Embrassons-nous, soyons unis...
Un soldat après la victoire
Ne reconnaît plus d'ennemis!

ZURICH, *s'approchant.* En ce cas, général, nous qui sommes tombés sur le champ de bataille...

D'ERMILLY. Relevez-vous, si vous pouvez!

CHOEUR.

Air de *Lestocq.*

Oui, parfois la vieillesse
Reçoit une leçon
Lorsqu'ainsi la jeunesse
Pour elle a la raison.

JULES, *au public.*

Air de *Léonce.*

Souvent d'un plus petit que soi
On a besoin, dit le bon La Fontaine :
Quoique bien petit, j'ai sans peine
Ici rendu chacun heureux, je crois,
Et, sans y penser, jusqu'à moi...
Mais dans les nœuds du mariage
Quand l'amour m'enchaîne aujourd'hui,
Et quand, si jeune, je m'engage,
J'espère un long pèlerinage
Si vous me prêtez votre appui
Pour me soutenir en voyage;
Daignez me prêter votre appui
Pour me soutenir en voyage.

REPRISE DU CHOEUR.

Oui, parfois la vieillesse, etc.

FIN.

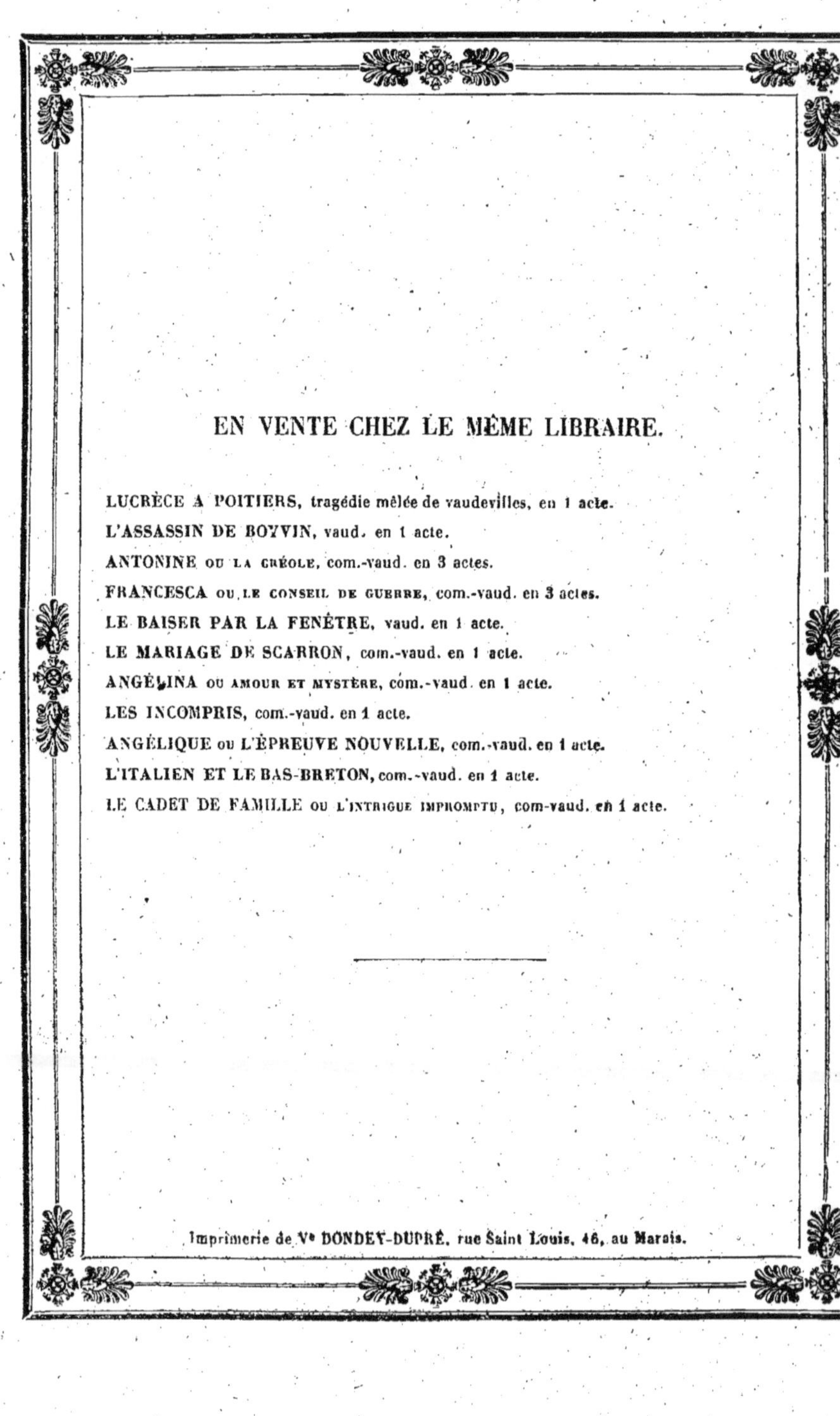

www.ingramcontent.com/pod-product-compliance
Lightning Source LLC
Chambersburg PA
CBHW051308050726
47595CB00008B/3454